KB263063

울 애기 예쁜지

푸른사상 동시선 3

울 애기 예쁘지

1판 1쇄 2012년 2월 10일
1판 2쇄 2013년 8월 10일

지은이 · 장영복
펴낸이 · 한봉숙
펴낸곳 · 푸른사상사
주간 · 맹문재 | 편집 · 지순이 | 교정 · 김재호

등록   제2-2876호
주소   서울시 중구 충무로 29(초동) 아시아미디어타워 502호
대표전화   02) 2268-8706(7) | 팩시밀리   02) 2268-8708
이메일   prun21c@hanmail.net
홈페이지   www.prun21c.com

ⓒ 장영복, 2012

ISBN 978-89-5640-890-3 04810
ISBN 978-89-5640-859-0 04810 (세트)

값 9,500원

푸른사상
동시선

3

울 애기 예쁜지

장영복 동시집

푸른사상
PRUNSASANG

시인의 말

수박 껍질을 펼쳐놓고 말린 적이 있어요.
한 아이가 물었죠?
"수박 껍질을 왜 말려요?"
나는 빙긋 웃기만 했어요.
아이는 내 얼굴을 보더니 그러는 거예요.
"혹시, 마법의 약을 만드는 거 아녜요?"
내가 웃으며 끄덕끄덕 했더니,
"마녀다 마녀, 수박 마녀야."
아이가 마구 떠들고 다녔어요.
그래서 나는 수박 마녀가 되었어요.
이 시집에는 수박 마녀가 숨어 있을지 몰라요.
아이는 자라서 청년이 되었고, 나도 지금은 마녀가 아니지만,
여기에 실린 시들은 아이처럼 개구쟁이들과 함께 놀던
마녀 시절부터 썼으니까요.
하지만 마녀면 뭐하나요. 마법의 약을 만드는 법도 모르고, 마법
을 부릴 줄도 모르는
아이들이 마녀라고 불러주면 좋아라 웃어대는 이름만 마녀인 것
을요.

여러분이 멋진 마법사가 되어주세요.

어느 날 마법의 빗자루를 타고 날아와서,

"수박 마녀, 올라 타!"하고 외쳐주면 좋겠어요.

그때를 위해서 수박 껍질 모자를 준비하고 기다릴게요.

동시집이 나오기까지 따뜻하게 가르쳐주신 선생님들이 계셨어요.

고마움을 잊지 않겠습니다.

동시집을 꾸며준 어린이들도 고마워요.

그림 한 장 한 장 넘기며 중학생이 될 얼굴들을 떠올렸어요.

자신의 꿈에 한걸음 다가서는 청소년이 되기를 바랄게요.

유좌상 선생님을 비롯한 6학년 선생님들도 고맙습니다.

2012년 봄을 기다리며

장 영 복

제4부

통통통 투당탕 통 탕 투당탕 통 타앙

통통통 투당탕 통 탕 투당탕 통 타앙

제1부

호미

허리
꼬부라진
외할머니

봄 햇살 펴 널어
한 땀 한 땀

밭 이불 시치시네
햇살을 꿰매시네

따라와 따라와

작은 나비 한 마리가
앞장서 날아간다

언니야,
나 따라와 봐, 나 따라와 봐
손짓하는 내 동생처럼
나비가 하늘하늘 날갯짓한다

따라 가보면
훠얼쩍 달아나는 동생처럼
나비도 앉았다가 훨훨 날아간다

나 따라와 봐, 나 따라와 봐

울 애기 예쁘지

눈빛이 해맑은 갓난송아지
소똥을 밟으며 뛰어다닌다
경중경중, 똥 밟아도 좋은가보다
코를 막고 외양간에 다가섰다
송아지도 나를 보고 다가온다
송아지를 만지려 했더니
어미소도 슬러엉슬렁 따라나온다
음매애 만지지 마, 이럴 줄 알았다
어미소는 커다란 눈으로
나를 보다 송아지를 보다 그런다
울 애기 예쁘지?
하는 얼굴이다
소똥 냄새가 싫지 않았다

16

진우랑 놀면

진우는 너보다 셈도 못하고
진우는 너보다 읽기도 못하고
진우는 너보다 글씨도 못 쓰고
진우는 너보다 받아쓰기도 못하고

진우랑 놀면, 배울 게 없겠다

진우는 나보다 자전거를 잘 타고
진우는 나보다 축구를 잘하고
진우는 나보다 웃기를 잘하고
진우는 나보다 친구가 많고

진우랑 안 놀면, 재미가 없겠다

조그만 산새가

떡갈나무 우듬지에서
호루라기를 분다
휫주르 휫주르 휫주르

조그만 산새가
행진하란다

휫주르 휫주르 휫주르
발맞추어 걸으란다

노을 한 잔

창가에 얹어놓은
빈 유리잔 속으로
노을이 가득 들어왔어요

얼른 뚜껑 덮고
아빠를 기다렸죠

들어오시는 아빠 손
이끌고 창가로 갔더니

어! 누가 마셨죠?
복숭앗빛 고운
노을 한 잔

애벌레와 새똥

호랑나비 애벌레는 새똥을 닮았다
진짜 새똥처럼 보인다
진짜 새똥처럼 보이는 애벌레가

새들에게 안 들킨다

새똥이 호랑나비 애벌레 같다
진짜 애벌레 닮았다
진짜 애벌레처럼 생긴 새똥이

애벌레를 살려 준다

* 호랑나비의 애벌레는 4령**까지 새똥으로 위장을 하여 천적인 새들의 눈을 속입니다.
** 령 : 애벌레의 나이.

둥굴레 이름은 진우를 닮았다

한 번만 부르면 아쉬워
둥굴레둥굴레둥굴레

부르다 보면 입속에서
굴레굴레굴레굴레

부르다 구르다 떠오른 얼굴
둥굴둥굴둥굴둥굴

우리 반 둥굴이 서진우
진우 얼굴 닮은 둥굴레

참을성 없는 엉덩이

오늘부터 공부만 할 거야
나도 백 점 받아 볼 거야
책상에 앉았더니
전화벨이 울린다
동희가 놀자 한다
공부해야 해!
꾸욱 눈을 감는다
두 번째 벨이 울린다
안 된다니까, 꼬옥 입술을 깨문다

엉덩이만 눈치 없이 들썩인다
"그래, 좋아"
꽁꽁 숨긴 내 마음이 발딱
엉덩이 따라간다

담쟁이덩굴

앗,
경찰을 불러야겠다

담쟁이덩굴
슬금슬금
담장을 넘는다

빗방울

쉿, 공연 중이다

둥 둥 둥 둥 당 당 당 당
퉁탕 퉁탕탕 둥당 둥당당
투당투당투당투당
동당동당동당동당
통통통 투당탕 퉁 탕 투당탕 통 타앙
또동또동또동또동
똥 똥 똥 똥 똥 또옹 쩔걱

장맛비 내리는 날
시골집 처마에서
난타 공연 듣는다

손님

내 옷자락에 앉은
일곱점무당벌레
어디부터 따라왔을까

초대하지 않았어도
우리 집에 온 손님
섭섭하지 않게 대접해야지

손님 좋아하는
진딧물은 어디서 구하나,
잠은 어느 방에 재울까

옷자락 따라 온
일곱점무당벌레님,
경치 좋은 화분으로 가실까요?

꼬옥

장맛비 내리는 날
풀숲 애벌레가 풀잎을 꼬옥
꽃밭 나비가 꽃잎을 꼬옥
나무에 노린재는 나뭇잎을 꼬옥
학원 가는 나는 비닐우산 꼬옥
장맛비 그칠 때까지 놓치지 말자, 꼬옥꼬옥

8월의 숲

찌르르르르르 비비비비빗쫑
왜앰왜앰왜애앰
쯔꼬익츠꼬익
꼴꼴꼴꼴꼬올꼴

8월의 숲에 누우면
사람나라 말은 통하지 않아
씨이르싸이르
츠츠츠츠츠으을
나도 곤충나라 말을 배운다

괭이밥

셋방 사는 우리랑
화분 사는 너희랑
다를 게 뭐 있을까

화초 옆에 자란 걸
뽑으려다 말았지

마음속에 내 말을
어느 틈에 들었을까
화분마다 한 자리씩
식구를 들이곤

노란 꽃을 겨우내
피워 올렸어

미안했었나?

언제부터 친구 먹었니?

제 2 부

봄비 그친 뒤

가물었던 논에 물이 찰랑찰랑
모내기하기 좋겠다
용이네 할아버지 걸망지고
거름 내러 오셨다

가물었던 논에 물이 찰랑찰랑
올챙이들 헤엄치기 좋겠다
깃털 수염 멋진 쇠백로 할아버지
아침 잡수러 나오셨다

할아버지는 쇠백로 동무 삼아
거름 뿌리며
쇠백로는 할아버지 동무 삼아
올챙이 잡으며

잘박잘박
무논 한 바퀴

이름기차

외할머니는 울 엄마 이름을
한 번에 못 부르셔
외할머니가 낳은 여섯 남매 이름을
기다랗게 이어 부르셔

은희야 은철아 은재야 은우야 은국아 아니 은옥아

이름기차 맨 뒤에
울 엄마 이름

일요일

아빠는 온종일 자고 싶은
일요일

엄마는 늦도록 자고 싶은
일요일

나는 마음껏 자고 싶은
일요일

늦둥이는 식구들 깨워
놀고 싶은 일요일

잠자리

머언 먼
빙하기에서
날아 온
타임머신

비잉빙
배앵뱅
내려앉을 자리를
찾고 있다

내 동생

엄마가 토닥토닥
자장가 불러주면
포옥 잠드는 늦둥이 동생

아침에 먼저 일어나
언니를 재운다고
내 가슴을 토닥토닥

학교 갈 시간인데
잘 자라고 토닥토닥
사르르 잠이 온다

우리끼리 놀자

택배 하는 우리 아빠는
일요일만 우리 차지다
그러니까 늦잠 자면 안 된다

일요일 아침 아홉시,
아빠를 깨우러 갔다

깊이 잠든 아빠가
덜덜덜 몸을 떤다
꿈에서도 운전하나 보다

오늘은 우리끼리 놀자
고단한 아빠 푸욱 주무시게
동생이랑 소곤소곤

까꿍

동생이 밥상 밑에
얼굴을 숨겼다, 까꿍!
다시 한 번 숨겼다, 까꿍!

일터 나갈 엄마 아빠
마음이 바빠
학교 갈 나도 밥 먹기 바빠

밥 한 술 먹고 걱꿍!
반찬 하나 물고 꾸꿍!
물 한 모금 마시고 글꿍!

까꿍*
철썩!
뿌끙~
찔끔?
끄응
에취!

아빠 코가 또 길어지겠네

인마, 60점이 뭐니
아빤 만날 100점 받았는데
넌 누굴 닮았니?

그날 밤 아빠 코가 자라
하늘까지 쑤욱쑥 자라
가지 나고 잎이 나고
새들이 둥지 틀었네

불쌍한 아빠
요즘 피노키오가
얼마나 진화했는지
모르셨나 봐

효자인 내가 부채질 살살
파란 부채 사알살

밤사이 아빠 모습 겨우 찾았는데
학교 가는 내게
오늘은 100점 받아라!

친구 먹기

우리 아기
쑥부쟁이를 보고
안녕, 안녕
손을 흔든다

만난 적도 없는데
안녕, 안녕
말을 건넨다

쑥부쟁이야
우리 아기랑
언제부터 친구 먹었니?

미안하다 말하지 않아도

엄마랑 싸운 날
다른 날보다
더 일찍 돌아온 아빠
안 하던 집안 청소 하시는 아빠

아빠랑 싸운 날
시장에 가서
아빠 옷만 사온 엄마
아빠 좋아하는
돼지불고기 만드시는 엄마

미안하다 말하지 않아도
다 풀렸나보다

장난치고 싶은 아빠

너는 만날 밥 먹고 똥만 싸냐?
아침에도 먹고 싸고
저녁에도 먹고 싸고

아빤 만날 밥 먹고 똥 안 싸?
오늘 아침에도 쌌으면서
내일 아침에도 쌀 거면서

너는 만날, 싸고
나는 만날, 누고
우리 부자 건강 부자, 하하하

텔레비전에게

난 참말,
네가 좋았어

남들이 바보상자라고
너를 놀릴 때도
네 곁을 떠나지 않았지

넌, 다르더라

울 엄마한테
네 앞에만 앉아 있다고
내가 야단맞는데

넌, 웃음을 멈추지 않더라
노래도 그치지 않고 부르더라

어떻게 그럴 수 있니?

환삼덩굴

아얏!
인사 한 번 고약하네
만나자마자 손등을 긁다니,

나도 친해지고 싶은 친구를
툭, 건드린 적 있었지

네 몸 온통
가시로 덮었어도
속마음은 안 그런 거지?

네발나비 무당벌레
풀색노린재
네 잎에서 놀더라

겨울바람이 장 보러 와서

겨울바람이
시장 나왔다

씨이잉

불 피운 과일가게를
얼찐거리다
이거 얼마에요?

채소가게 비닐막을 들추고
두리번거리다
요건 얼마에요?

좌판에 생선 값을 물어보고
고개를 설렁설렁
비싸다 비싸

까만 비닐봉지만
싸아아
몰고 다닌다

아빠

늦게 돌아온 아빠 얼굴이
고구마처럼 발갛다

후욱 술 냄새 피우며
군고구마 봉지 내려놓는다
엄마를 보고, 헤헤헤헤헤 웃는다
내 얼굴에, 얼굴을 부빈다

무뚝뚝이 아빠 술 드시면
달달한 군고구마 된다

꼬
마

아. 코피 터졌네, 코피 터졌네

제3부

빈 항아리

고추장 항아리 옆에 된장 항아리
된장 항아리 옆에 간장 항아리

간장 항아리 옆에 낡은 항아리
무엇도 담지 않은 빈 항아리

바람 한 항아리
하늘 한 항아리
햇살 한 항아리

아아아~
내 목소리 한 항아리

시험 시간

고개 돌리면 안 된다
허리 굽혀도 안 된다
곁눈질도 못 한다

보이지 않는 끈으로
꽁꽁 묶인 시간
조용한 시험 시간

뿌우웅
진우가 풀었다
엉덩이로 풀어냈다

홍길동 형에게

아버지라 못 부르게 하면
아빠라 부르지

그것도 못하게 하면
파파라 부르지

그도 안 되면
아버지 부르는 대신
세 번씩 박수라도 쳐서
부르지

서진우 씀

학원 앞에서

어떤 아이에게 어떤 엄마가 말했어
"네 시험 점수가 얼만지 알아?"

아이 손에 매달린 학원 가방이
왼손 잡고 비잉
오른손 잡고 비이잉

둘이 손잡고 달아나자고
얼른 달아나자고

학원

시소 타기

올라가면 내려오고
내려오면 올라가는
시소 타기

올라가기만 좋아하는
성적표하고는
시소 타기 못하겠다

스마일 재희

특수반 재희가 웃는다
천재 재희 영재 재희
코끼리 재희 스마일 재희가 웃는다
날마다 별명이 늘어도
그냥 웃는다

답을 몰라도 웃고
답을 알아도 웃고
시험 시간에 재희가 웃는다
이름 쓰고 번호 하나 답안지에 써넣고
씨익, 나를 보고 웃는다

시험지 보고
한숨 쉬는 나보다
행복하게 웃는다

좋아 세 마리

시장에 팔러 나온 강아지를 보더니
누나가 한 마리 키우자고, 또 떼를 쓴다
마당 있는 집 생기면 키우자고, 엄마는 또 달랜다
누나는 얼른 돈 벌어서 마당 있는 집을,
엄마에게 사주겠다고 큰소리쳤다
그러면 강아지를 두 마리나 사준다고 엄마도 큰소리쳤다
누나가 두 마리는 안 된다고 했다
세 마리는 되어야 한댔다
좋아 세 마리
엄마는 얼른 누나에게 손가락을 내밀었다
ㅋㅎㅎㅎㅎ
마녀처럼 웃었다

내 친구 서진우

1.
우리 반 으뜸 장난꾸러기, 서진우
오늘도 공부 시간에 떠들었다
선생님이 손들고 벌서라 했다
벌서서도 엉덩이를 흔들며
히히 헤헤 거린다
선생님이 웃고 말았다
"내가 졌다, 자리로 돌아가"

책상 짚으며 퍼얼쩍 뛰어오다가
서진우 넘어졌다 코피가 난다
휴지로 코를 틀어막으며
아, 코피 터졌네, 코피 터졌네
노래 부른다

2.

교문 앞에서 진우 할아버지를 만났다
서진우 공부 시간에 벌 받았대요
다 일렀다
그런데 진우 할아버지 이상하시다
"우리 진우 힘들었겠네"
진우 엉덩이를 툭툭 두드리며
뽀뽀를 쪼옥 해주신다

진우가 왜 장난꾸러기인지
이제 알겠다
내 친구 서진우, 진짜 부럽다

아침햇살

아침햇살이
벽시계에 매달렸다

추에 앉아
까딱까딱
그네를 탄다

왼쪽으로 까딱
오른쪽으로 까딱

방바닥에 그림자도
그네 타고
까딱까딱

12
1
2
3
4
5
6
7
8
9
10
11

소풍 가는 길 1

유치원 아이들 줄지어 소풍 간다
아랫니 두 개 빠진 아이와
윗니 두 개 빠진 아이가 손잡고 간다

아랫니 두 개 빠진 아이 노래한다
"앞에 가는 사람 도둑 따라가는 사람 경찰"
윗니 두 개 빠진 아이, 눈이 동그래진다
"나는 뭐야?"

아랫니 두 개 빠진 아이가 노래한다
"앞에 가는 사람 대장 따라오는 사람 졸병"
윗니 두 개 빠진 아이, 입이 뾰족해진다
"나는 뭐냐고!"

"빨리 가!" 졸병들이 뒤에서 재촉한다
"어, 도둑이 달아났네"
아랫니 두 개 빠진 경찰, 도둑 잡으러 간다
윗니 두 개 빠진 경찰, 손잡고 간다

소풍 가는 길 2

유치원 아이들 노란 옷 입고 소풍 간다
꼬부랑 할머니 세 분도 소풍 가신다

"고놈들, 지줄지줄지줄 참새들이네"

유치원 참새들 노란 옷 입고 소풍 간다
할머니 세 분도 소풍 가신다

"고것들, 삐약삐약삐약 병아리들일세"

병아리들 뛰어가다 넘어졌다
할머니 얼른 일으키고
툭툭툭 털어주신다

"어린이는 나라의 기둥잉게, 다치면 안 되야"

나라의 기둥이 웃는다
그렁그렁 눈물이 고여도 헤헤 웃는다
할머니 세 분도 할할할 웃으신다

개구쟁이 민들레

애들이 모두 얌전한 게 아니듯
민들레도 그렇다

엄마 품을 떠난 씨앗 중에
개구쟁이 몇 있었던 거다

한 발만 내려서면 흙인데도
기어코 벽돌 틈에 피어난 민들레

담장 아래 민들레들 보고
"너흰 여기 못 올라오지, 메롱!"
개구쟁이 민들레 노랗게 깔깔거린다

깨알만한 개미들이

깨알만한 개미들이 개미집을 짓습니다
쌀알만한 바윗돌 하나 밀어냅니다
쌀알만한 바윗돌, 개미굴로 구릅니다
한 번, 두 번, 세 번, 네 번,
깨알만한 개미들이 바윗돌을 밀어올립니다
다섯 번, 여섯 번, 일곱 번, 여덟 번
바윗돌이 개미집으로 굴러 떨어지고
아홉 번, 열 번, …열다섯 번
깨알만한 개미들이 밀어올립니다
쌀알만한 바윗돌 마침내,
개미굴 밖으로 굴려냅니다
허리 한 번 펴고 나서
깨알만한 개미들 일하러 갑니다

보따리

할머니 머리 위에
앉은뱅이 보따리가
엉덩이를 들썩인다

무거운 저 때문에
할머니 힘들까봐
꼬부랑 허리 더 꼬부라질까봐

할머니 발걸음에 맞춰
추써억추써억
엉덩춤을 춘다

교문 앞 병아리들

엊그제 입학한 일학년들이
엄마를 부르며 뛰어온다

엄마라고? 삐악삐악
엄마가 뭐지? 삐악삐악

엄마 손 꼬옥 붙잡고
일학년들 집에 가는 걸 보고도

삐악삐악 삐악삐악
엄마가 뭐야! 엄마가 뭐지?

병아리

국 끓여 먹을까 구욱구욱구욱

국 끓여 먹을까 구욱구욱구욱

제 4 부

봄비 걸음

여린 햇잎, 고운 꽃잎
다치지 말라고

가 만 가 만 가 만 가 만
　가 만 가 만 가 만 가 만
가 만 가 만 가 만 가 만

푸석푸석한 땅은
아프지 말라고

가 만 가 만 가 만 가 만
　가 만 가 만 가 만 가 만
가 만 가 만 가 만 가 만

고치네 집

누구일까요
쥐똥나무 가지에 빈 둥지
누구의 집일까요

1. 붉은머리오목눈이
2. 곤줄박이
3. 딱새
4. 직박구리

모두 답인 것 같고
모두 아닌 것 같고

아, 저게 뭐죠? 작고 하얀 고치
애벌레가 이사 와서 집을 지었네요
새들 떠난 빈 둥지, 고치네 집 되었네요

커다란 신발

15층 우리 집에서 내려다보니
주차장에 세워놓은 자동차들이
신발 모양이다

주인보다 덩치가 크고
주인보다 많이 먹고
주인보다 힘도 세고
주인보다 큰소리로 뿡뿡거리는
커다란 신발들

부릉부릉 소리 내며
커다란 신발 하나
주인 싣고 일 나간다

고마리꽃밭

너도 고마리꽃
너도 고마리꽃
너도 고마리꽃
얘도 재도 개도

골짜기 그득
고마리고마리고마리고마리

이어 부르기

맴암 매암 맴맴맴 매암
매미 소리 잦아들면

귀를 기울여봐
스모올스모올스모올스모올
들리지? 풀벌레 소리

매미 노래 끝나면
스모올스모올스모올스모올
풀벌레 차례

봄을 찾아라

무궁화 꽃이 피었습니다
무궁화 꽃이 피었습니다

술래가 된 봄이
애들 찾아 나섰다

이불 속의 창민이 나와라
학원에 있는 시현이
만화 보는 용주
컴퓨터 앞의 주강이
모두모두 나와라

이번에는 너희가 술래다
봄을 찾아보아라

나무의 효자손

딱따구리야,
벌레가 구물구물
어깨를 기어다녀

알았어
툭, 툭, 툭

딱따구리야,
애벌레들이 꼬물꼬물
옆구리가 가렵구나

알았어 알았어
토옥, 톡톡톡
토옥, 톡톡톡

아이 시원해
너는 나의 효자손
딱따구리야, 고맙다

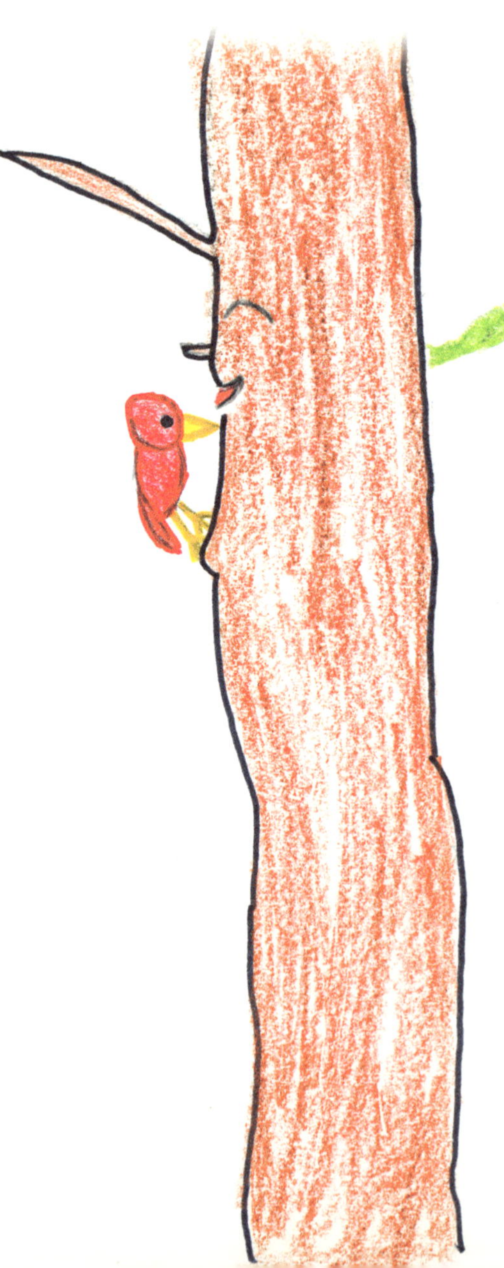

배자바구미에게

너, 새똥이지
내가 물으면
길쭉한 주둥이를 내밀고
"아냐, 나 배자바구미야"

너, 배자바구미지?
새가 물으면
동그랗게 엎드리며
"아냐 아냐, 난 새똥이야"

* 배자바구미는 새똥처럼 생겼어요. 천적인 새의 배설물로 위장하고 자신을 보호
합니다.

나무

지구가 둥글대
공처럼 둥글대
정말이야, 지구가 둥글대

떼구르 떼구르르르
공처럼 구르는 거 아냐?
어지럽게 도는 거 아냐?

친구들아 조심해
떼구르르 쿵!
지구에서 떨어질지 몰라

뿌리를 내리자 깊이깊이
지구를 꽉 붙잡자

무슨 국을 끓일까

찔레꽃 덩굴 아래
멧비둘기 한 쌍
오늘 아침엔 뭘 먹을까
의논 중이다

아침 바람 쌀랑하네
구욱구욱구욱
국 끓여 먹을까
구욱구욱구욱

무슨 국을 끓일까
구욱구욱구욱
아침나절 다 지났네
구욱구욱구욱

계단이 내 발목을

눈 내린 산길은 조심하라고
한 층 한 층
찬찬히 내려가라고
계단이 내 발목을 잡았습니다

아는 척 한 번 안 하고
지나다닌 내 발목을
힘주어 잡았습니다

눈 덮인 산

앞산도 하얗고
뒷산도 하얗고
낮도 하얗고 밤도 하얀
깊은 산속

눈 덮인 작은 창에
불이 켜졌다

잠들었던 커다란 북극곰이
빠끔히 눈을 떴다

딱따구리가 꾸르르기

내가 산에서 아아아, 메아리 부르던 날,
딱따구리 한 마리가 입속으로 날아들었다
나는 딱따구리가 날아가지 못하게 얼른 입을 다물었다

딱따구리는 그날부터 내 뱃속에 산다
부리가 아프게 나무 쪼지 않아도 되고
힘센 황조롱이 걱정할 필요도 없고
총 든 사냥꾼이 지나갈까봐 요리조리 살필 일도 없이, 편히 산다
내 뱃속에 사는 딱따구리는 딱다르르 소리 내는 것도 잊었다
어쩌다 소리를 낼 때가 있는데,
밥을 먹지 못하면 꾹꾸르르 꾸르르르 한다
밥을 달라는 건지 벌레를 잡는 건지, 알 수 없는 소리로 우는
내 뱃속의 딱따구리는 꾸르르기가 되었나보다
꾸르르기는 넷째 시간 마치는 종이 울릴 무렵, 꾹꾸르르 꾸르
르르 운다
나는 꾸르르기가 울면 아아 입을 벌리고 맛있는 밥을 먹여준다
밥을 먹으면 꾸르르기는 금방 얌전해진다

졸린 내가 하아아 하품해도
날아가지 않는다

귀가 없네

거대한 구덩이에 묻힐 돼지들
꽤액꽤액꽤액꽤액꽤애액

포클레인 앞에서 목 놓아 우네
꽤액꽤액꽤액꽤액꽤애액

포클레인은 귀가 없네

겁쟁이

공원 길을 걸어갈 때
비둘기 떼가 퍼드드득
머리 위로 날아올랐다

조류독감 걸릴까
새똥 떨어질까
얼굴 잔뜩 감싸고 도망갔다

꾸룩꾸룩 꾸꾸꾸
비둘기들이 웃었다
겁쟁이라 놀렸다

동시 속 그림

손희훈

조나단

송민규

강성윤

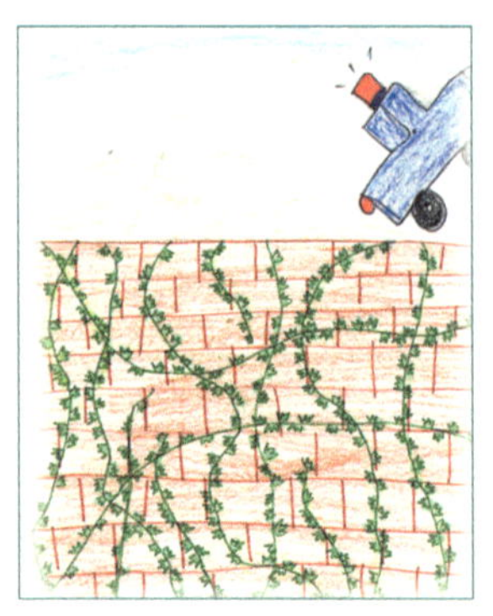

박다연

최아름

임동준

김하늘

노현정

박희빈

김준양

조하나

구찬솔

김민주

최영주

이소영

석하은

김예은

박준호

이수빈

이윤경

김대인

백다연

장시현

오진호

성영식

박희진

유인혜

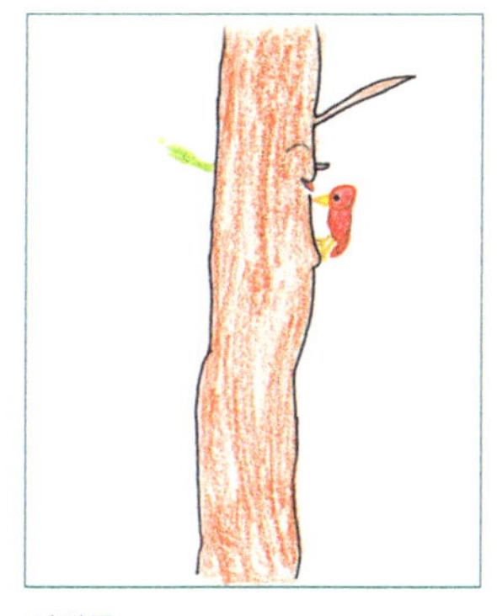

이광준

오모나

곽소민

김한별

그림 : 소사초등학교 6학년

푸른사상 동시선 3

울 애기 예쁘지

푸른사상 동시선 3

울 애기 예쁘지